KLEOPATRA UND VIOLETTE

Für Cleia und Diallo

*Voller Dank für Pflege und Obhut
von Cléo und Violette*

BARBARA FRIDA HELENE ENGELHARDT

KLEOPATRA UND VIOLETTE

Zwei tierische Geschichten

Bibliografische Information der Deutschen Nationalbibliothek:
Die Deutsche Nationalbibliothek verzeichnet diese Publikation in der
Deutschen Nationalbibliografie; detaillierte bibliografische Daten sind
im Internet über dnb.dnb.de abrufbar.

© 2019 Barbara Frida Helene Engelhardt
Grafik: atitiya wongasa/ Shutterstock.com
Satz, Umschlaggestaltung, Herstellung und Verlag:
BoD – Books on Demand, Norderstedt
ISBN 978-3-7494-2713-0

Inhalt

Alles Lebendige hat eine Seele.

Mündliche Überlieferung aus Afrika

Eine Katze namens Kleopatra

Uma Beleza do Brasil

1996

Olá, mein Name ist Kleopatra. Warum dieser Name? Nun, das ist mir nie klar geworden. Bin ich doch eine astreine Brasileira, geboren in der Hauptstadt und daher prädestiniert für einen der klangvollen Namen wie Juanita, Bonita oder Esperança. Man sagt, ich wäre eine Schönheit. Nun ja, das stimmt wohl, wenn ich das mit aller Bescheidenheit bemerken darf. Ich habe große jadegrüne Augen, ein schwarzes, seidenweiches Fell, schneeweiße Pfötchen, ein weißes zartes Bäffchen und – wie man mir versicherte – zwei entzückende kleine Ohren und ein Schnäuzchen mit einem lieblich zartrot glühenden Zünglein. Ja, und das zeugt nun mal von lateinamerikanischer Klasse und Rasse, nicht wahr? Aber nein, diese Fremde aus teutonischen Gauen taufte mich Kleopatra. Ägyptisch und antik – machte ich mich schlau –, eine Geliebte von Caesar und später von Markus Antonius, wer immer der war. Und, welche griechische Tragödie! Sie soll sich im zarten Alter von nur neununddreißig Jahren schon selbst aus dem Leben verabschiedet haben. Entsetzlich, nun Gedanken hinsichtlich dieser Schauerlichkeit streife ich rundum ab. Ich, nunmehr kurz Cléo genannt, habe die Einsamkeit der Kindheit überlebt, bin nunmehr voll zur Schönheit erblüht und sollte von dummen Gedanken Abstand halten.

Ja, und so fing es an. Ich war winzig und alleine. Saß auf dem Bordstein des verlassenen Nachbarhauses von Senhora Barbara. Oh, und ich hatte solch einen erbärmlichen Hunger und Durst, wo waren nur meine Mamita, meine Irmãos (Geschwister)? Langsam robbte ich mich durch das hohe Gras und maunzte und maunzte: »Hört mich denn keiner?« Da ergriffen mich plötzlich weiche, zarte Hände und zogen mich in eine Wärme, die ich bislang nicht gekannt hatte. Oh, immer nur dort kuscheln zu dürfen, nie wieder fort in die Kälte und Trostlosigkeit der Einsamkeit. Da sprach man mit weichen, zärtlichen Lauten in einer fremden Sprache, doch dann erkannte ich Wörter und Sätze auch in meiner Muttersprache. Wo um Himmels willen war ich?

Wunderbare weiße Milch wurde mir serviert und winzige Bröcklein eines feinen Müslis zergingen mir auf der Zunge. Danke, ich lebte und dachte, das Paradies erreicht zu haben. Doch dann wurde alles abrupt unterbrochen, und zwar durch die Heimkehr der Senhora des Hauses. Sie war übrigens die Schwester der reizenden Dame, die mich errettete. Und da erscholl auch schon ihr klares Nein. Was wohl »não« hieß. So etwas kapiert man am Tonfall. »Keine Tiere in meinem Haus, das hieße Verantwortung und Verpflichtung. Mein Leben ist ein ewiges Wandern und da würden Familienanhängsel zu Schaden kommen.« So ihre Argumentation. Schwester und Cleia, die Seele des Haushalts, schwiegen und dachten sich wohl ihren Teil. Nun, Senhora Barbara musste jeden Tag früh zum Dienst und kam erst gegen Spätnachnachmittag zurück, genug Zeit, unser Leben zu genießen; ich fraß und trank und spielte mit meinen neuen Freunden und glaubte, es würde nie enden. Inzwischen allerdings hatte sich wohl auch die Hausherrin ein bisschen an mich gewöhnt, nannte mich sogar Kleopatra. Was für ein idiotischer Name. Nun, ich ertrug es.

Dann kam der Tag des Abschieds, »la irmã« (die Schwester) musste zurück nach Deutschland und nun dachte ich, mein letztes Stündlein in diesem herrlichen Hause hätte geschlagen.

Senhora Barbara kam vom Flughafen zurück und suchte mich. Ich saß auf dem Wagenrad auf der Terrasse. Da nahm sie mich doch wahrhaftig in die Arme und streichelte und liebkoste mich wie einen guten, liebgewonnenen Freund. Ich schwieg und harrte der Dinge, die da wohl kommen würden. Und dann fielen schon einige Wörter, die ich eigentlich nicht gutheißen konnte, wusste jedoch nicht, was sie letztendlich beinhalten würden. »Cléo«, sagte sie, »ich werde dich zu Frau Dr. Leila zum Kastrieren bringen, dann kannst du bei mir bleiben, okay?« Ich wusste nicht, was sie meinte, schnurrte jedoch, da sie freundlich mit mir sprach.

Dann wurde ich in einen komischen kleinen Kasten gepackt und in ein Haus getragen, in dem es entsetzlich penetrant und scharf roch. Was war da wohl im Busch? Von ferne hörte ich Kameraden von mir maunzen, eher traurig und schmerzlich, auch von der anderen Sorte, die ich nicht unbedingt liebte, den Hunden, hörte ich Spezies jaulen und heulen. Himmel, dachte ich, wo bist du gelandet? Noch redete Senhora Barbara freundlich auf mich ein, doch dann war sie fort und ich mutterseelenallein. Oh, hatte ich eine Angst. Dann schlief ich wohl für längere Zeit ein. Aus meinem Tiefschlaf erweckte mich eine bekannte Stimme: »Cléo, meine Süße, komm, ich hole dich heim.« Und wir fuhren zurück in das schöne spanische Haus und ich wurde verwöhnt und geliebt und hatte alle Freiheit der Welt. Was immer mir behagte, durfte ich machen. Gegen drei Uhr in der Frühe lief ich hinaus, sah Freunde und betrachtete den Mond. Gegen fünf Uhr kehrte ich zurück, kuschelte mich auf dem Bauch meiner Senhora wohlig zusammen und so schliefen wir beide hinein in den Morgen. Um sechs Uhr musste sie stets aufstehen, und ich begleitete sie. Tipp, tapp, tipp in die Küche, dort bekam ich meine erste Ration. Dann fuhr sie davon. Aber alleine würde ich nicht lange sein, Cleia, die liebreizende Hausangestellte trudelte ein und wir waren ein tolles Team.

Und wenn Cleia am Spätnachmittag das Haus verließ, wusste ich, bald darauf würde der GOL eintreffen und ich setzte mich schon einmal auf der Mülltonne in Position. Nun würde es nicht mehr lange dauern und der rassige Wagen rauschte heran.

Hóla, que alegria, da war sie. Wollte mich umarmen und drücken, aber, man kann es auch übertreiben. Ich trabte vor ihr her, erst Richtung Küche, um ein paar Leckerchen zu schlecken, und dann zum Garten. Immerhin spielten wir doch täglich unser Stöckchenspiel. Zu spaßig, wenn sie die Reisigstöckchen über den Boden gleiten, sie auf- und abhopsen und sie blitzschnell verschwinden ließ. Aber ich war schon clever, erwischte fast immer die zitternden Zweiglein und ihre Enden – ach, es war ein Heidenspaß.

Dann spielte sie Klavier. Und oftmals legte ich mich oben hinauf auf dieses Instrument. Es war so angenehm glatt und cool. Manchmal war sie weniger gut drauf, saß einfach da und hatte ein Buch in der Hand oder guckte in irgendeine Ferne. Da schnappte ich mir eine dicke fette Maus. Sie war zwar nicht mehr bei vollem Bewusstsein, die Maus, aber bewegte sich noch zuckig hin und her. Nun, ich schleppte sie heran und war so stolz ob dieser Beute und dieses Geschenks an meine Herrschaft. Na, da war aber etwas falsch gelaufen. Auf einmal sprang diese auf, schrie und hüpfte hinauf auf den Sessel. Nanu, dachte ich, was hat die denn jetzt. Dann machte sie »husch, husch«, wedelte mit den Armen und Händen und hatte ihre Haare fast zu Berge stehen. Verstehe man die Zweibeiner, ich kam da nicht mit.

Nun, vielleicht war eine Maus zu dick und mit ihrem dünnen Schwanz zu hässlich. So wählte ich ein nächstes Mal einen wunderschönen, grazilen Salamander. Herrlich gefärbt und noch so zart und lebendig mit seinen winzigen Gliedmaßen. Hopp, ließ ich ihn vor meiner Senhora in die Höhe schnellen, fing ihn wieder auf und – ach, es war echt akrobatisch, wundervoll. Doch auch dieses grandiose Schauspiel schien vor ihren Augen nicht die Beachtung zu finden, die es verdient hätte. Sie schaute nur gequält und wandte sich komisch verzerrt dort in ihrem Sessel. Und dann blieb der Salamander beim Abflugsalto auf dem Knie meiner Senhora hängen. Da ertönte wieder dieser schrille Schrei, was in etwa einem Höllenfluch ähnlich klang; sie sprang wieder auf ihren Sessel und schüttelte die wunderschöne Kreatur lieblos von sich ab. Nun, ich hatte die Nase voll, brachte stets die tollsten Geschenke und Beutestücke an und erntete dann stets diese verqueren Reaktionen.

Doch dann noch ein letzter Versuch. Ich mochte sie ja und wollte ihr Freude bereiten. Dafür bringt man eben Opfer.

Wunderschöne Vögel tummelten sich da in unserem Gartenparadies. Im Mangobaum, in den Bananensträuchern, in den blühenden Bougainvillearanken. Nun, ich hatte einen kleinen Burschen erwischt und schon ein Menge Spaß anfangs mit ihm gehabt, seine Federn flogen wutsch und witsch hin und her, und er piepte und zappelte da in meinen Pfoten, dass ich fast Erbarmen gehabt hätte. Nun, ich näherte mich Madame Barbara.

Doch das war der Fehler meines Lebens, so ausgewitscht habe ich diese Dame nie vorher gesehen, sie zeterte und motzte mit mir ganz schlimm, entriss mir den zerrupften Federball und – nachdem ich nicht nachgab, mein Eigentum wieder zu erhaschen, sperrte sie mich doch wahrhaftig in das Gästeklo ein. Wie demütigend. Ich konnte es auch einfach nicht glauben. Was war nur in sie gefahren? Während sie sich entfernte, hörte ich sie mit dem vermaledeiten, doch wohl nicht mehr ganz lebendigen Piepmatz zärtlich flüstern.

Mitbekommen hatte ich nur noch, dass sie das Webervogelnestchen, ein Mitbringsel aus Kenia, in die hohe Hecke stecken und ihm, dem Vöglein, so ein vorübergehendes Domizil geben würde. »Und bitte, bitte, genese und werde bald wieder gesund.« Das sagte sie doch wahrhaftig zu diesem Vogel.

Für diesen Abend hatte ich keinen Ausgang mehr.

Zwar kam ich aus dem Klo heraus, aber den Garten sah ich nur von hinter der Glasscheibe. Hombre, war ich geladen. Hatte schon einen ganz dicken Hals. Doch meine Senhora ignorierte mich. Nun, das schmerzte, doch ich ließ mir nichts anmerken.

Am nächsten Morgen ging der Weg von Madame zur Hecke im hintersten Eck des Gartens – ich schlich still und heimlich hinterher. Da hörte ich sie froh auflachen, das Nest war leer, das Vöglein wohl genesen, entflogen, so ihre Schlussfolgerung. Mein Nachtgang war übrigens auch gesperrt gewesen. Nun, vielleicht hat Rasputin den aufmüpfigen kleinen Kerl erwischt. Na, dachte ich weiter, es gibt andere dieser Sorte, die ich still und heimlich im Garten hinter den Büschen erwischen werde, ohne dass mir irgendwelche Pappnasen dazwischenfunken.

Ja, ich erwähnte Rasputin. Was für ein verwegener Draufgänger. Wild und zernarbt sah er aus. Schwarz und gruselerregend mit seinem schiefen Auge und seinem halben Ohr. Sein Fell war ziemlich zerfetzt und seine dunkelgrünen Augen funkelten voller Stolz und erlebter Abenteuer. Mann, war das ein Mann. Meine Senhora gab ihm doch wahrhaftig Speis und Trank, aber sie ließ ihn nicht an mich heran, und ich hielt sowieso Abstand. Nun, ich war mir meiner Reize sehr bewusst und ließ natürlich aus der wohl gewahrten Sicherheit meinen Charme sprühen und genoss seinen schmachtenden Blick. War ich in den Armen meiner Senhora oder auf ihrem Bauch auf der Liege am Pool, wo wir schöpferisch in die Literatur vertieft die Sonne genossen und Rasputin am Fußende unter der Liege schmachtend hervorschielte, oder stolzierte ich hinter der geschlossenen Fensterfront alleine auf und ab, konnte Rasputin mir nicht gefährlich werden und dann riskierte ich doch so manches Mal einen, wie ich meinte, »kessen und heißen« Blick in seine Richtung. »Qué linda« las ich dann in seinen anbetenden schwärmerischen Augen, wunderbar, in solcher Anbetung zu baden. Nun, ich glaube, der alte Macker litt wirklich Höllenqualen. Und er tat mir fast leid. Übrigens, ist der Name nicht köstlich, wir tauften ihn beim ersten Erscheinen auf diesen Namen. Und der Name passt, besonders nachdem ich auch die Geschichte über Rasputin erfuhr.

Doch dann passten wir beide nicht auf, weder Madame noch ich. Die Balkontür war nicht völlig geschlossen.

Auf einmal rannte dieser wilde, schwarze Teufelsbrocken hinter mir her, jagte mich über die Sessel, das Klavier, die Bar … und plötzlich tauchte meine Herrschaft auf. Der Trubel war perfekt, da jagten wir alle kreiselmäßig hintereinander her. Die Senhora hinter Rasputin, Rasputin hinter mir und ich hinter der Senhora. Heißa, das war wie auf einem wildgewordenen Karussell. Dann endlich, endlich schaffte es Madame Rasputin zu überlisten und ihn hinauszubefördern. Mit einem Knall flog die Balkontür zu und ich kuschelte mich erleichtert in den Arm meiner Retterin. Ja, und da draußen saß der arme ausgesperrte Rasputin und guckte so erbärmlich und jämmerlich, dass Madame ihm schnell etwas zu fressen brachte. Doch der wollte nichts. Nun, Herzschmerz kann man nicht immer mit Leckerchen kurieren.

Vollmond war vorbei und Rasputin war fort. Eigentlich schade, eine wundervolle aufregende Zeit passé.

Nun so mussten wir uns wieder zu zweit amüsieren. Wie bekannt, war ich nach Mitternacht immer unterwegs, um Freunde zu besuchen oder dem Mond zu huldigen, kam dann gegen fünf Uhr zurück und verpennte den Morgen auf dem weichen Bett meiner Herrin. Oftmals schob sie mich einfach von ihrem Bauch herunter, meinte, ich wäre zu schwer und zu warm. Dass ich nicht lache, schwer und warm, wohl schlecht geträumt!

Am Wochenende trat ein anderer Ritus ein. Da wollte sie einfach nicht früh und zeitig aufstehen und mir das Frühstück geben. Okay, da musste ich also einen Weg finden, sie aus dem Bett zu locken. Ich kletterte die vergitterte Fensterfront hoch hinauf und ließ mich dann plumps – mit Karacho – auf ihren Bauch fallen. Keine Reaktion, na, das wäre doch gelacht, und wieder kletterte ich hoch hinauf und ließ mich ein zweites Mal mit vollem Eklat auf ihr nieder. Keine Reaktion. Ich konnte es nicht glauben. Also ein drittes Mal, und wieder voller Wucht landete ich auf meiner Senhora. Nichts. Ich verzweifelte. Sprang über sie hinweg und – sie lag auf der Seite – stupste sie mit meiner Nase an und da strahlte mir ein Lächeln entgegen. Sie war wach, sie hatte nur so getan, als ob … sie schnappte mich und drückte mich, aber das wollte ich nicht, sprang vom Bett und spazierte hinaus, hielt sie aber fest im Blick. Nun, bitte stehe auf, mein Frühstück! Ja, und dann erhob sie sich wahrhaftig und marschierte mit mir in die Küche. Welch eine Prozedur, um sein wohlverdientes Frühstück zu erhalten. Nun, ich revanchierte mich. Sie machte sich fertig zum Tennisspiel. Zog ihre Schuhe an und – da begann mein fröhliches Intermezzo. Immer wenn sie sich die Schnürsenkel festgesurrt hatte, machte ich mir ein diebisches Vergnügen daraus, sie wieder zu lockern. Hallo, war das amüsant. Und, das muss man der Senhora schon lassen, sie zeigte Humor, denn zig und zig Male band sie sich erneut die Schuhe zu, ich sie auf und sie wieder zu.

Leider bin ich sehr neugierig, was mir wieder einmal zum Verhängnis wurde. Die Senhora hatte ihren Wäscheschrank geöffnet, um das Bett zu beziehen. Soviel ich weiß, macht das ansonsten immer Cleia. Sie öffnet und schließt den Schrank und damit basta. Aber meine Senhora ließ den Schrank offen stehen. Hallo, das war interessant. Da konnte man von Etage zu Etage auf weichen Dingen herumschleichen. Doch dann, ratzfatz, war alles dunkel und ich meinte zu ersticken. Wild sprang ich herum und hopste vor die Türe und miaute. Nichts tat sich. Oh, ich glaubte zu ersticken. Würde ich nun sterben? Dann auf einmal hörte ich eine Stimme: »Cléo, wo bist du?« Ich maunzte noch einmal kraftlos, dann mit Effort nochmals lauter und da öffnete sich die Türe und herein kamen Luft und Sonne. Oh, danke, danke, hauchte ich meinem Schicksal entgegen. Das Tohuwabohu, das ich im Schrank hinterlassen hatte, muss wohl dem Stöhnen nach, das ich hörte, beachtlich gewesen sein. Egal, ich lebte.

Unsereins liebt den Alltag, das Ruhige, Besonnene und braucht keine Aufregung und Hektik. Wir genießen die Sonne, unsere tägliche Reinigung, das schweigende Zusammensein mit den Freunden, unser tägliches Fresserchen und ab und zu eine kleine Jagd auf so minderwertige Kreaturen wie Mäuse, Geckos und Eidechsen. Doch wie konträr mein Lebensideal zu dem meiner Senhora. Sie liebte die Abwechslung, immer Bewegung, Tennis, Klavier, Freunde, Einladungen. Ich hasse Einladungen. Da waren auf einmal viele Menschen versammelt, die zu laut reden, zu laut lachen, trinken und essen und tanzen und sich einfach gehen lassen. Heute war das Hauskonzert angesagt. Die Küche duftete wunderbar, die Tische wurden hergerichtet und geschmückt und es herrschte über allem eine große Erwartung. Ich hielt mich fernab vom Trubel, draußen im Garten, und beobachtete das Geschehen. Und das Volk erschien, elegant und eloquent, man plauderte, tauschte Komplimente, brüstete sich mehr oder minder und war auf einmal bester Freund des anderen. Dann entstand plötzlich ein Schweigen. Ich sah meinen Moment gekommen, um in die Küche zu huschen und mein Nachtessen zu mir zu nehmen. Als ich mich hineinstürzte, erschrak ich. Menschen, Menschen, Menschen, Füße, Füße und Füße. Ich nahm allen Mut zusammen und schoss wie ein Blitz durch dieses Getümmel und registrierte im Vorbeimarsch ein allgemeines wohlwollendes Lächeln. Was für gelackte Affen, mein Gedanke. Dann erscholl das Klavierkonzert Nr. 2 von Chopin. Ich kannte es.

Doch dann sollte etwas ganz Schlimmes passieren. Es ist nicht gut, wenn man zu sehr liebt. Und ich glaube, mein Frauchen liebte mich sehr. Nun, ich nahm es cooler.

Unser Gärtner hieß Mateo. Ein netter Kerl, der nur

immer zu viele der schönen Blumen und Sträucher abschnitt, nun vielleicht hat er nie das Gärtnergewerbe erlernt, aber das kann man sich ja schnell angewöhnen, ist man finanziell in Bedrängnis. So schien es auch mit Mateo der Fall zu sein. Nun, wir ertrugen ihn.

Und wieder mal hatte meine Senhora Besuch und man wollte hinaus in das Amazonasgebiet fliegen. Da war ich plötzlich fort. Am Vortag der Abreise nach Manaos war ich verschwunden. Panik entstand. Man musste zum Flughafen, jedoch Senhora Barbara war tief beunruhigt ob meines Verschwindens. Da tauchte Mateo auf und glaubte Cléo hinten am Grasland gesehen zu haben. Senhora Barbara eilte von dannen und schien das Gebüsch und die kleine Steppe zu durchforsten, aber sah nur eine ärmliche andere Katzenkreatur, nicht mich. Sie eilte zurück. Völlig außer sich und kaum dazu bereit, an den Amazonas zu fliegen. Sie gab Mateo die Order, überall nach Cléo zu suchen, er war übrigens auch Gärtner bei vielen Nachbarn. »Oh, ich gebe dir alles, wenn du meine Cléo wieder zurückbringst«, sagte sie in ihrem Überschwang. Was heißt schon alles. Nun, eben vieles.

Drei Wochen waren meine Leute unterwegs. Und ich auch. Wo war ich? Nicht weit von meinem spanischen Domizil entfernt, wurde ich in einem leeren Haus gehalten, bei wenig Fraß und im dunklen Verlies. Und mein Frauchen wusste nichts, auch Cleia, die Hausangestellte, war nicht informiert. Frauchen rief wohl an und ab an, wie ich später erfuhr, aber bekam nie eine gute Antwort.

Die Rückkehr aus Amazonien stand an. Und Cleia empfing meine Senhora und ihre Schwester mit der Nachricht, dass ich oben im Schrank sitzen würde. Ja, und da saß ich wahrhaftig, total verschreckt, abgemagert und verängstigt. Die traurige Geschichte. Mateo, der Schlitzohrige, hatte mich nämlich gekidnappt und Cleia überreden wollen, mit ihm ganze Sache zu machen. Da, basierend auf der Aussage meiner Senhora, doch alles für die Wiederauffindung von Kleopatra zu zahlen, wollte er sich als Finder von Cléo einbringen und das Lösegeld dann mit Cleia teilen. Doch diese treue Seele vereitelte seinen teuflischen Plan.

Mit welch einer herzzerreißenden Zärtlichkeit mich Madame in die Arme schloss, werde ich nicht vergessen. Ja, es war aber auch zu schrecklich gewesen. Und irgendwie saß dieses Gespenst der Angst noch immer in mir, seit dieser Zeit rannte ich stets vor Fremden davon, war plötzlich misstrauisch geworden. Übrigens erschien Mateo am gleichen Tag und präsentierte sich als mein Retter. Na, da hätten Sie aber einmal Madame hören sollen. »Wohlan«, sprach sie, »ich gebe dir etwas Geld, doch wisse, falls du nochmals auch nur daran denkst, Cléo ein Leid anzutun, gehe ich zur Polizei und berichte alles. Verstanden?« Nun, der zog kleinlaut ab und ward ab sofort nicht mehr gesehen. Glücklicherweise zogen wir auch nach kurzer Zeit innerhalb Brasilias um, somit war ich vor irgendwelchen weiteren Schandtaten seitens Mateos geschützt.

Das neue Haus, ebenfalls am Lago Sul gelegen, war auch wunderschön, hatte einen riesengroßen Garten und eine prächtige Veranda. Nur hatten die Nachbarn einen Wurf kleiner Hunde, na, und wenn die bellen und jaulen. Ohrstöpsel brauchte hier sogar ich.

Eine Zuflucht ist immer noch das Innere des Hauses. Und die Hunde bellen ja nicht immerdar. So sucht man sich eben die Zeit aus, wenn sie fressen und schlafen, dann setzt man sich in den Garten, genießt den Sonnenuntergang oder erfrischt sich im Pool. Nun, ich brauchte das nicht unbedingt. Ich erfrischte mich an etwas ganz anderem. Saß meine Senhora am Abend vor den Nachrichten, schleckte sie ein Eis am Stiel. Und – wie ich später erfuhr, kaufte sie dies nur für mich. Denn sie verschleckte es nicht vollständig, sondern nur immer so weit, dass ein Drittel für mich übrigblieb. Denn mehr traute sie meinem Magen nicht zu, wie sie sagte. Nun, ich hätte auch das ganze Ding verschlungen. Abwartend saß ich auf der Lehne ihres Ohrensessels. Verfolgte die Nachrichten, schielte aber ab und zu immer wieder auf den abnehmenden Eisstiel. Und dann wurde mir endlich die Köstlichkeit vorgehalten. Nein, wie das mundete. Ich lecke und schlecke, schließe die Augen und schlucke mit Andacht. Köstlich, einfach köstlich. Oh, welch wunderbares Leben. Möge es nimmermehr enden.

Doch das Ende kam. Und es kam brutal und grausam. Senhora Barbara wurde nach Hanoi versetzt. Hanoi, mir völlig fremd. Doch wurde mir erklärt, dort in dem fremden Land Vietnam essen auch die schmaläugigen Einwohner so liebenswerte Kreaturen wie Katzen und Hunde. Und dieses Schicksal wollte mir meine Senhora ersparen, wie sie mir unter heißen Tränen offenbarte. Ja, sie weinte echt voller Kummer und Traurigkeit. Nun, ich fand dann letztendlich Trost, Geborgenheit und eine neue Heimat bei Cleia, in ihrem hübschen kleinen Häuschen mit Garten. Ihre Kinder waren manchmal ein bisschen anstrengend, aber was soll's, mein Leben war okay. Es geht eben weiter.

Violette, la Belle d' Afrique

Rückblick

2012

Voilà, das bin ich, die verwaiste, Ridgeback geadelte, brünette Straßengöre aus Guinea, geboren 2002 in den Slums von Conakry. Inzwischen zwar älter, grauer und auch müder geworden, jedoch, ich darf es uneitel feststellen, noch voll reifer Schönheit mit edlen weißen Fesseln und weißem Tupfer am Schwanzende, dunklen, melancholischen Augen und samtweichen Ohren, erfreue mich an gutem Fressen, schlafe viel und ausgiebig und genieße die Sonne und das Klavierspiel meiner Herrin (wunderbar zum Träumen) und habe mich frisch verliebt. Er heißt Artus und ist ein Bild von einem Mann. Sieht aus wie der König der Löwen, so herrlich ist seine Haarpracht und auch die rötlich braune Farbe seiner Gestalt. Doch leider, leider ist er wohl noch ein bisschen jung an Jahren, denn trotz meiner stürmischen Annäherungen sind seine Begrüßungen nur kurz und schon schnüffelt er entnervt weiter. Nun ja, das ist der Sturm und Drang der Jugend. Aber auch er wird mal gesetzter und ruhiger werden, aber oh weh, wo werde ich dann sein? – Heute aber noch hier in einem Land, das Wohlstand und Gutes bietet, das mich freundlichst aufgenommen hat und Asylanten wie auch Zuwanderern und anderen Fremden echte Heimat bieten kann.

Winzig, erbärmlich und verloren wurde ich einst feil-
geboten, dort in der sengenden Sonne auf einer kahlen
Landstraße in Guinea, im fernen Afrika. Man hatte
mich brutal meiner Mama und meinen Geschwistern
entrissen, obwohl ich noch kaum meine Augen öffnen
konnte. Oh, vielleicht war es besser so, sah ich doch
nicht das große Elend um mich herum. – Und heute
wieder ein Tag, an dem wir dort an dieser Straßenkreu-
zung im Staub und in der Hitze warteten und ich hatte
solchen Durst. Dann bremste plötzlich ein Wagen unmittelbar vor uns, dem eine hübsche junge Dame von
fremdartigem Aussehen entstieg. Keine braune Haut,
keine schwarzen krausen Haare, keine dunklen Augen?
»Wer mag das sein«, fragte ich mich. Alsbald sprach sie
dann ziemlich harsch und schnell auf meinen Menschen
ein, der mich da noch immer fest und unbarmherzig im
Arm hielt. Und plötzlich lockerte sich sein Griff und

zarte Hände umfingen mich. »Hallo«, säuselte da eine liebliche Stimme in fremder Sprache – und später sollte ich erfahren, dass sie Marianne hieß, der belgischen Botschaft angehörte und mich, nunmehr Violette nennend, adoptiert hatte. Und ein Leben wie Milch und Honig begann. Ich hatte alle Freiheit. Wurde bestens verköstigt und durfte mein Mittags- und Nachmittagsschläfchen stets auf dieser wunderbaren rotflorierten Couch einnehmen.

Tagsüber nervte mich zwar manchmal der schielende Kater Milosch, der da auch zur Familie gehörte, sowie der kleine Affe Celuk, der nun wahrlich keine Manieren hatte und überall herumpopelte und immer so komische Quietschtöne von sich gab. Nun, der regte wahrlich auf. Und leider nicht nur mich. Die Nachbarn beschwerten sich über Celuk und das fand ich nun gar nicht nett. Aber helfen konnte ich ihm leider nicht. Mademoiselle Marianne musste ihn, um weiteres Unbill in der Nachbarschaft zu vermeiden, ins Tierheim geben. Schon trostlos. Nun, jeder ist sich selbst der Nächste, und ich verhielt mich still und unauffällig und hoffte inbrünstig, dass mir dermaßen Schicksal erspart blieb.

Doch die Welt ist hart und böse. Madame Marianne wurde zurückbeordert nach Brüssel. Und hier das große Malheur, sie würde mit ihrer Maman in einer Etagenwohnung leben und somit nicht die Möglichkeit haben, neben einer Katze auch noch einen Hund mitzuführen. Im Klartext, das schielende Monstrum konnte mitfliegen in die alte Welt, jedoch ich musste hierbleiben. Mein Frauchen suchte zwar mit größtem Engagement einen geeigneten Unterschlupf für mich, jedoch, das war schwer. Und dann fand sich ein Libanese, der mich adoptieren wollte. Oh Schreck, er war mir nicht sehr geheuerlich. Er wirkte so kühl und hart, jedoch, was sollte ich machen.

Der Tag des Abflugs von Mademoiselle Marianne kam heran. Und – da hatte ihr doch Asman, der werte Herr Libanese, eröffnet, dass er mich nicht aufnehmen könnte. Und die Welt schien aus den Fugen. Für Marianne und für mich. Inzwischen hatte jedoch mein Frauchen die »Neue« von der deutschen Botschaft kennengelernt, die auch unsere Hausangestellte und unseren Gärtner übernehmen würde. Und zu ihr fuhr sie in letzter Not. Madame Barbara wohnte zwar noch im Hotel, ein Haus für sie war aber bereits angemietet. Nun, Marianne – fast schon auf dem Weg zum Flughafen – hielt also vor dem schönen Hotel dort am Meeresstrand und rief Madame Barbara an.

Und dem Himmel sei Dank, Madame war in ihrem Zimmer. Als sie erfuhr, in welcher Misere wir steckten, kam sie gleich herab – und nachdem ich dann auch meinen allertraurigsten Augenaufschlag einsetzte, schien ihr Herz geschmolzen. »Okay«, meinte sie, »ich werde mich vorerst ihrer annehmen.« (Das »ihrer« war ich!) »Diallo, der Gärtner, und Emilie werden sie versorgen, solange ich noch im Hotel wohnen muss.« Nun, das versprach nicht gerade Luxus und angenehmes Leben, aber immerhin eine momentane Lösung. So verbrachten Monsieur Diallo und ich den monotonen langen Tag in Enge und Eintönigkeit im kleinen Vorhof des neuen Hauses und am Abend und in der Nacht nahm ein von der Botschaft auserkorener Nachtwächter Diallos Platz ein. Wahrlich ein ödes, tristes Dahinleben. Emilie erschien zwar jeden Mittag und brachte uns Speise und Trank, und oft kam dann auch Madame Barbara in uralten löchrigen Taxen, die nicht selten mit Drähten und anderem Behelf zusammengehalten wurden, angetackert und erkundigte sich nach unserem Befinden. Sie schien sich hier aber nicht wohl zu fühlen. Man sah es ihr förmlich an. »Wie komme ich aus diesem Mietverhältnis heraus?«, fragte sie uns. – Nun, Monsieur Diallo und ich wussten es nicht, teilten aber vollkommen ihre Bedenken. Es gab hier keinen grünen Garten, nur einen winzigen Pool und ein großes weißes Haus mit tausend Gittern und Schlössern vor Türen und Fenstern.

Und dann hatte sie es wahrhaftig geschafft. Wir wohnten plötzlich in einer hübschen kleinen Villa am Meeresstrand mit idyllisch verwachsenem Garten. Doch leider auch mit maroden Leitungen und vielen zu erwartenden Reparaturen. Nun, das schien Madame vorerst nicht zu schrecken, obwohl, ich muss es zugeben, uns später viel Ärger und Verdruss entstehen sollten. Denn der Hausherr, ein reicher, sehr einflussreicher Minenbesitzer, hatte da so seine eigenen Vorstellungen.

Doch erst einmal waren wir froh. Der Container aus Hanoi war eingetroffen und das Haus wurde wohnlich und behaglich. Und ich hatte in Diallo, der uns nach hierher begleitete, meinen täglichen Freund und in Emilie eine gute Köchin. Mir ging es gut. Inzwischen hatten wir auch einen kleinen Hühnerhof.

Napoleon, so hieß der Hahn, und sein Hühnerharem bestanden aus Frieda, Emma und Fatima. Nun, manchmal konnten diese Herrschaften einem schon kräftig auf den Geist steigen, besonders wenn sie immer an meinem Napf herumpickten, bevor ich überhaupt fressen konnte. Musste sie dann ganz schön durch die Gegend scheuchen, um an meinen Futterplatz zu gelangen und sie gackerten dann stets dermaßen unmelodisch laut, dass man echt ein Hühnerhasser werden konnte. Dennoch baute Diallo ihnen ein wunderschönes Haus mit lang emporstrebender Eingangstreppe.

Und auch heute fielen sie erneut hemmungslos über meinen gefüllten Trog her, da erhob ich wohl das erste Mal meine Stimme und erschrak selber. »Hallo«, hörte ich da plötzlich Madame lachen, »Violette kann ja bellen!« Und fortan nutzte ich dieses Talent. Nicht nur als

Drohgebärde, nein, auch bei Freude und Fröhlichsein ließ es sich munter bellen.

Ich schlief indes stets beim Nachtwächter in seiner Cabana, zwar auf einem weichen Kissen, jedoch war es nicht nach meinem Gusto, gerne hätte ich dort im Haus bei Madame genächtigt. Aber die hielt von dieser Idee absolut nichts. Ja, und abends nun, wenn die Sonne entwich, hüpfte das Federvieh die Stiege hinauf und verschwand im Innern. Und dann hatte man endlich Ruhe. Doch die währte nicht lange. In Conakry verebbte der Strom, also wurde der Generator angeworfen, und der war laut und unmittelbar neben meiner Schlafstatt. Doch auch daran gewöhnt man sich irgendwann.

Und dann erwischte es den armen Napoleon. Als er wieder einmal krähte, endete sein Kikeriki in einem krächzenden Hicklaut und nicht nur einmal, nein, das wiederholte sich zunehmend. Oh, wir litten alle mit ihm. Und dann bat Madame Herrn Diallo, beim Tierdoktor ein Remedium für unseren Napoleon zu besorgen. Und sie schien wirklich besorgt um diesen weißen Hahn.

Als sie am Spätnachmittag vom Dienst zurückkehrte, erblickte sie unseren Napoleon mit einem roten Band am linken Fuß. »Ei«, sprach sie, »was ist das?« »Nun«, so Diallo, »der Arzt gab mir dieses Bändchen. Außerdem verabreichte ich laut Anweisung einige kleingemahlene Pillen.« Schaute da Madame nicht irgendwie skeptisch? Nun, sie schien sich zu besinnen, dankte Herrn Diallo und meinte, man wolle nun abwarten.

Und, wer glaubt noch an Wunder? Ich – ja, es gibt sie noch hier in Afrika. Napoleon gesundete, verlor seine Kickser in der Stimme und lebte fröhlich und herrlich mit seinem Harem. Inzwischen aber war er ein intimer Freund von Madame geworden. Man glaubt es kaum, aber rief sie ihn: »Napoleon«, kam der doch angestakst und pickte genüsslich gönnerhaft aus ihrer Hand den angebotenen Reis. Und um ihn herum immer sein Damenflor mit Gegacker und Gescharre. Die konnten sich einfach nicht einigen, wer hier »la première dame« an Napoleons Seite war. Krakeelten und stritten den lieben langen Tag. Ja, und dann hatte wohl Fatima die höchsten Ehren. Sie hockte nun fortan unter dem Bett des Nachtwächters tagein, tagaus auf ihren sechs Eiern. Ich hab sie gezählt, die Eier, als sie mal kurz sich erhob. Und fragte mich, was wird daraus?

Dann kam der Tag, da erschien Mama Fatima und präsentierte stolz ihre kleinen Flauschebällchen. Drei gelbe und drei buntgescheckte und alle sahen dem Papa auch irgendwie ähnlich.

Und nun meinte man, auch ich sollte eine Familie gründen. Ha, als ob ich nicht selber dazu imstande wäre. War da nicht im gegenüberliegenden Garten dieser schwarze, schöne Kavalier, der auch immer unter der Ritze des Gartentors hervorlugte und mir heimliche Zeichen gab. Aber nein, da brachte man mir doch den großen braunen Kerl des Tierdoktors heran und der sollte um mich freien. Na, dem hustete ich eins. Ich verkroch mich tief hinter dem Bougainvilleabusch und knurrte gefährlich, wenn der Bursche sich näherte. Meine Leute warteten drei Tage ab. Nichts tat sich. Und da gaben sie es auf. Jedoch meinem schwarzen Kavalier von gegenüber gaben sie keine Chance. Schade. Was hätten wir für eine herrliche Familie ergeben. Und folglich musste ich also wieder zu der ekelhaften Tierpraxis und da pickte man irgendwie in mir herum. Es war schrecklich. Und ich fühlte mich einfach unwohl.

Doch bald war alles wieder im Lot und der Alltag rotierte so dahin. Unterbrochen wurde er zwar durch kleine Feste und Begegnungen mit Freunden von Madame und den leider wiederholten Besuchen der Handwerker, die bei uns aber auch wirklich fortwährend Arbeit fanden. Einen Tag setzte der Strom aus, und der Generator streikte, oder das Wasser floss nicht, dann musste sogar der große Wassertank der Stadt bestellt werden, oder der Brunnen war nicht tief genug und gab kein Grundwasser mehr preis, oder das Schwimmbad war völlig veralgt und auch die alte Pumpe schaffte nicht mehr dieses wunderbare Azurblau verflossener Tage. Oder der schöne rote Suzuki von Madame hatte irgendwelche Altersbeschwerden und Probleme. Ein Grund: Eine Mäusefamilie mit sechs frisch dahergezeugten kleinen Wichten hatte sich ihren neuen Wohnort im dortigen Motorraum gesucht. Also wirklich, schon echt stressig.

Dann, ein Tag des besonders fröhlichen Erwachens. Madame patschte durch ihren Wohnraum im zentimeterhohen Wasser, weil der Nachtwächter Boubakar es versäumt hatte, den am späten Abend erfolgten Wasserrohrbruch rechtzeitig zu melden. So schöpften wir alle den ganzen Morgen das Wasser aus dem Haus und zerrten die Teppiche, Bücher, Fotos und andere wunderbare Utensilien zum Trocknen auf die große Terrasse. Schon ein Graus. Und obendrein funktionierte das Handy von Madame wieder nicht und Diallo musste ins Dorf laufen, um von dort aus die Botschaft zu informieren.

So passierte eigentlich jeden Tag etwas. Der Wagen sprang heute zum Beispiel nicht an, Nachtwächter und Diallo schoben und schoben, aber der rote Teufel spuckte nur kurze Töne aus, hopste und ruckte und blieb dann wieder stehen. So machte sich Madame auf die Socken, um vorne an der Straße ein Taxi zu finden. Doch wie ich vernahm, erbarmte sich ihrer ein Nachbar, der zeitgleich unterwegs war. Auch fuhr sie später, wie ich von Diallo hörte, meterhoch durch das Wasser der Straßen in Conakry, als der Monsun sich ergoss. Meio, das waren aber auch Katarakte, die sich da vom Himmel herabstürzten, und diese Begleiterscheinungen! Diese entsetzlichen Blitze und der grausliche Donner. Voller Angst verkroch ich mich stets in meine Kissen und suchte doch auch Trost beim Nachtwächter, doch der schlief und schnarchte. Dabei sollte er doch wachsam sein und auf-passen. – Dass Madame in all diese Turbulenzen doch immer wieder zurückkehrte nach ihren wohl angeneh-meren Aufenthalten in anderen Breitengraden, grenzte schon an ein Wunder. Aber, wie gesagt, hier in Afrika gibt es eben diese noch. Sei es durch Besprechung, Op-ferdarbietung oder eben durch kleine rote Bänder.

Übrigens, zurückkommend auf die schrecklichen Gewitter von damals, auch heute, hier im Lande des goldenen Honigs, kann es ganz entsetzlich grell blitzen und tosend donnern und irgendwie fühle ich das immer schon lange vorher in meinen Knochen, tippel unruhig hin und her und Madame, leicht genervt, holt dann die spezielle Decke hervor und ich darf folglich, quel bon-heur, mich in ihrem großen Bett niederlassen. Und so haben wir dann beide unsere wohlverdiente Ruhe.

Die politische und wirtschaftliche Lage in Conakry verschärfte sich damals weiter. Zahlreiche Einbrüche in der Nachbarschaft und Revolten auf den Straßen, so entnahm ich den Gesprächen meiner Leute. Nun, wir wohnten schon hinter einer riesigen Mauer, auf der der Stacheldraht meterhoch gerollt war und auch zum Meer hin gab es einen Riesenzaun, durch den ich immer die Youngsters dort auf dem sandigen schmutzigen Strand beim Fußballspiel beobachtete. Da hatte Madame wie-der einmal eine ihrer blitzenden Ideen. »Es geht um unsere Sicherheit«, sprach sie und beriet sich mit Diallo. Der wurde nun beauftragt, ein Gewehr zu besorgen. Oh ja, man hört richtig, ein Gewehr. Beim bloßen Ge-danken an dieses Geschoss wackelten meine Knie. Und als ich dann dieses alte Ding in den Händen von Madame sah, schlich ich erst einmal aus Reichweite. Das schnackte und knarzte da wenig vertrauenerweckend. »Wohl ein Relikt aus Zeiten des Urknalls«, meinte sie trocken. »Gibt es hierzu überhaupt noch Patronen?« Und schaute fragend in die Runde. Diallo zeigte ein kleines Schächtelchen. Nun, zum Einsatz kam das Ding dann letztendlich nie. Fortan lag das glänzend eingeölte Schießeisen zwar stets parat auf dem Sims in unserer Cabana der Abschreckung dienend. Doch vor wem? Kein Eindringling sah je dieses Monstrum. Zwar wäre dies vonnöten gewesen, wiederholten sich doch die Einbrüche in der Nachbarschaft. Vorgestern erst wieder bei den netten kanadischen Herrschaften gleich nebenan. Doch, quel bonheur, zog das Übel stets an unserem Tor ohne Schaden vorüber. Oh, vielleicht hatte Diallo seine guten Verbindungen genutzt. Trug vielleicht unsere Flinte ein unsichtbares rotes Schutzband?

Dann erwischte es Madame. Aber sauber und gewaltig. Nämlich die Malaria. Ich hatte mich schon gewundert, wie sie es schaffte, all die Jahre stets ohne irgendwelche Wehwehchen daherzuleben, zu arbeiten, zu lesen, zu schwimmen, Klavier und Tennis zu spielen und noch die Einladungen wahrzunehmen. Nie fehlte sie in der Botschaft. Ich konnte das ja nachhalten. Verabschiedete sie sich doch jeden Morgen in aller Frühe von mir mit einer Handvoll Frolic. O köstliches Frolic, hier in Afrika unbekannt, aber eine Delikatesse, Madame ließ es extra für mich einfliegen. Rumpelpumpelsatt konnte ich mich daran fressen. Auch machten wir oft ein Spiel daraus,

Madame warf die Frolic-Kringel in hohem Bogen auf die große Terrasse und die kullerten lustig und munter dahin und ich sprang dann flinkst hinterher, um sie einzusammeln und genussvoll zu verspeisen. Ach, das waren frohe Zeiten, ich noch fit und jung. Auch hinter den Tennisbällen jagte ich eifrigst einher und konnte einfach nicht genug davon bekommen, obwohl Madame dann irgendwann schlapp machte. Später, ich muss es zugeben, hatte ich dann keine Lust mehr und ließ meine Chefin alleine laufen. Na, da war sie sauer.

Und jetzt also sie. Und es ging turbulent zu. Da war ein Ein und Aus und die Türen alle offen, also marschierte ich hinein und sah sie da elendiglich fahlgelb im Bett liegen. Keiner beachtete mich, also schwups aufs Bett, um etwas Trost zu spenden, jedoch hier war mein Verbleib ein kurzer, husch, wurde ich wieder hinunter- und hinausgescheucht. Später hörte ich von Diallo und Emilie, dass hieraus fast eine Tragödie geworden wäre. Trotz Behandlungen in hiesigen Krankenhäusern war ihr

Zustand wohl schlimm und schlimmer geworden, zur Malaria hätte sich eine Gelbsucht gesellt – daher wohl die komische Khakifarbe im Gesicht – und auch der französische Amtsarzt wollte keine Verantwortung mehr übernehmen, also wurde sie ausgeflogen nach Berlin und dort im Bundeswehrkrankenhaus behandelt. Von dort, wie ich hörte, flüchtete sie, noch mit Kanüle im Arm, weil sie es nicht mehr aushalten konnte. Schon echt taff, cette femme, meines Erachtens. Ja, und dann tauchte sie auch eines Tages hier blass und schmal, jedoch so weit gesund, wieder auf und wir waren alle sehr froh.

Die Dienstzeit von Madame in Guinea ging ihrem Ende zu. Und viele waren traurig, wie ich registrieren konnte. Nicht nur die kecken kleinen Nachbarjungen, die stets voller Begeisterung hinter Madames Auto herjohlten und sich dann im Hof von ihr verwöhnen ließen, auch Diallo, Boubacar, Emilie, die Nachtwächter Cissé und Taoré sowie die lokalen Bediensteten der Botschaft zeigten auf liebenswürdigste Weise ihren Abschiedsschmerz. Und besonders traurig schienen auch die Kleinen des Waisenhauses, dort draußen vor der Stadt, die Madame mit ihrem Tross, bestehend aus unserer Emilie, deren draller Freundin Sulema, einer senegalesischen Köchin und Mary, einer fröhlichen Haushaltshilfe eines Kollegen, regelmäßig besuchte. Gerne hätte ich dort einmal teilgenommen, denn sie entschwanden immer mit riesigen dampfenden Reistöpfen, Geschenken und veranstalteten nach dem Essen Singspiele, wie ich gewissen Unterhaltungen entnehmen konnte. Unglaublich auch, wer da alles zum Verabschieden erschien und welche

Vielzahl von erstaunlichen Geschenken und freundlichen Gesten ihr da offeriert wurden. Ich hatte da inzwischen eher eine unangenehme Zeit mit Monsieur le Docteur Ahmad zu durchleben. Warum war mir unklar. Der kam und zapfte mein Blut, dann drückte er mir einen Stempel hinters Ohr und es tat verdammt weh. Doch Madame hielt mich fest und sprach ruhig und besänftigend auf mich ein. Sie hatte gut Flüstern, die Schmerzen hatte ich ja zu stemmen. Nun gut, ihr offenbares Mitgefühl tat schon wohl. Aber was sollte das Ganze, irgendwie wurde ich nicht schlau aus dem Gehabe. Sie sprach wohl immer vom Fliegen und Deutschland und brachte auch da so einen komischen Käfig an, in dem ich mich ab und zu hineinrollen sollte. Mir unverständlich und nicht genehm, die Enge darin, obwohl mein Kissen und Frolic lockten, ängstigte mich.

Und dann war er da, der Tag des Abschieds. Flughafen Conakry. In einem Monstrum von Käfig rollte ich nun, unter den Augen und den aufmunternden Worten von Madame, auf einem langen Band dahin und wurde dann irgendwo in der Dunkelheit abgestellt. Vor lauter Kummer wagte ich nicht mehr zu denken und zu fühlen. Später hörte ich, dass Emilie allen Sicherheitsmaßnahmen zum Trotz es schaffte, in den Flughafen zu gelangen, um Madame, die im Transit mit Freunden auf den Abflug wartete, noch die Schlüssel zu überreichen, die diese dort im verlassenen Haus vergessen hatte. Welch ein Meisterstück der Überredungskünste. Sagenhaft. Aber so etwas ist wohl nur möglich in einem Land wie Afrika, wo noch Gefühle, Empfindungen und Herzenswärme regieren.

Tja und dann kamen wir an. In Brüssel. Madame sah ich dort am Gepäckband stehen und ängstlich hineinspähen in den Schlund, von wo die Koffer und riesigen Taschen ausgespuckt werden und mich jeden Moment dort erwartend. Hallo, da staunte sie nicht schlecht, als ich plötzlich hinter ihr auftauchte, großartig auf einem Spezialtruck herangefahren. Oh, welche Freude. Und jedermann schien sich mit uns zu freuen. Auch die belgischen Beamten schienen weder beunruhigt noch irritiert. Ohne jedwede Schwierigkeit wurden wir durchgeschleust.

Nun, die Nachhausefahrt entwickelte sich dann noch ein bisserl kompliziert. Vor lauter Begeisterung, allem Übel bezüglich Zoll und Einreisevorschriften entkommen zu sein, hatten wir uns wohl in die falsche Spur eingespult. Denn auf einmal, Erstaunen in der Stimme meiner Madame, wieso sind hier in der Nähe von Aachen Möwen auf dem Acker? Halleluja, wir fuhren in der entgegengesetzten Richtung. Beim Erfragen des Weges wurde uns nüchtern mitgeteilt, dass wir uns auf französischem Boden befänden. Ja, und nicht allzu fern ging es dann auch in den Tunnel nach Old England. Zut alors, da wären wir fast zum Tee bei der Queen gelandet.

Glücklicherweise fanden wir einen U-turn und die Strecke zurück und da schlichen uns in einer Viererspur die Autos entgegen. Dort hatte es einen bösen Unfall gegeben, wie wir bald erkennen durften, und erleichtert, nun auf der Gegenspur zu sein, strebten wir auf freier Gegenbahn Aachen und unserem Heimziel zu. Und dort begann ein vollkommen anderer Alltag. Ich lernte

Wuschl, Leif, Balu, Nico, Caesar und Matscho sowie viele andere Herrschaften meiner Zunft kennen und hier waren Nico, Wuschl und Matscho meine bevorzugten Freunde. Oh ja, es waren schöne, abwechslungsreiche Zeiten, ausgenommen die langen Wanderungen hinunter zur Wupper, durch die Wälder und Wiesen und Felder, die strapazierten und ängstigten mich immer ein bisschen, da waren die vertrauten Spaziergänge mit Diallo durchs afrikanische Dorf und am Strand entlang geruchsmäßig ergiebiger und weniger befremdlich. Und dann immer diese dämlichen Überraschungen mit Madame hier im Wald.

Wieder mal hinaufgekraxelt von den Ufern der Wupper, stoppte Madame plötzlich und machte wieder kehrt, Richtung Abgang Wupper. Hallo, ich blieb stehen, was soll das? Dann erfuhr ich den Grund. Sie hatte ihren schönen seidenen Schal verloren und wollte nun partout zurück und ihn finden. Okay, was blieb mir übrig, ich dackelte also wieder hinter ihr her – vergeblich, das kostbare Stück war vom Winde verweht oder geklaut.

Trotz all dieser Strapazen weiß ich es zu schätzen – ich lebe hier in Freiheit und Luxus, und ohne dieses dämliche Hühnergegacker und Dröhnen der Generatoren ein großer Vorteil, irgendwie gehörte Madame nur mir. Herrlich auch das Autofahren, besonders bei Sonnenschein mit offenem Verdeck, ich saß zwar immer in der zweiten Bank, aber holla, da ging die Post ab. Standen wir an der Ampel und einer meiner Spezies kam daher, na, da machte ich mich wohl bemerkbar. Und, die guckten immer erst verdutzt und wussten nicht, woher der vertraute Sound kam. Na, und als sie mich dann sahen, staunten sie sehr. Ich bellte dann noch kurz ein weiteres Triumph-Hallo, doch schon ging's weiter. Ach, es war herrlich. Heute stand wieder der Besuch bei Hanna an. Hanna war schon uralt, eine Tante von Madame, jedoch noch kreuzfidel und lustig und hieß auch mich immer sehr willkommen, obwohl, so richtig mochte sie, glaube ich, unsere Sorte nicht! Doch ich bekam stets ein Leckerli und ließ es dann auch großzügig geschehen, dass sie mich zitternd streichelte, mit ihren dürren, weißen, kalten Händen. Kein Vergleich mit den zärtlichen Liebkosungen von Madame. Ganz sanft fuhr Letztere von meiner Stirn hinüber zur Nase, wo alles mit einem leichten Stüber endete. Und ich ließ es wieder und wieder geschehen und dann, schwups, hatte sie meinen Kopf zwischen ihren Händen und drückte mich ganz fest. Puh, ich dachte nur, aushalten, Violette, der Anfall ist bald wieder vorüber. Und so war's. Nun, leiden konnte ich es nicht, wenn sie alleine fortging. Sie erklärte mir dann zwar lang und breit: »Violette, ich komme schnellstens wieder, aber jetzt musst du kurz die Stellung halten.« Dann erwähnte sie Friseur, Bank und dergleichen. Okay. Nun, ich gab mich gelassen, wusste doch schon, wo ich mich bald darauf auslassen würde. Die Tür schlug zu, das Auto fuhr ab, holla, ich im Schnelltrab hinauf in den Gästetrakt, hinauf auf das köstlich weiche Bett und erst einmal mit Furore mich gedreht und gewendet und dann mich hineingekuschelt in weiche Daunen. Noch störte mich der kleine braune Bär. Okay, den schüttelte ich kurz und – o weh – eins seiner Ohren flog plötzlich in die Gegend – tant pis, dann fiel ich in glücklichen Schlaf. Und wunderbares Timing, hörte ich das Auto, die Garagentür – ich war präsent an der Kellertür. – Und das Chaos oben registrierte man erst viel, viel später.

Warum wird man nur immer müder und älter. Wie machte es mir vormals Vergnügen, all meinen Freunden zu begegnen, mit ihnen zu tollen, sie zu necken, aber mittlerweile scheint mich das Zipperlein gepackt zu haben und ich bin einfach nur noch froh, wenn ich nach dem morgendlichen Spaziergang meinen Couchplatz aufsuchen kann, da auch das Wetter zurzeit wenig erbauend ist. Es zeigt sich kalt, feucht und dunkel, einfach scheußlich für alte Knochen. Und da hatte Madame wieder eine ihrer Ideen. Alors, Violette, was meinen Knochen hilft, hilft sicher auch den deinen. Und schon packte sie auch mir diesen grünen Wackelpeter auf Hüften und Gelenke. Sie hatte eine große Dose, ich eine kleinere und sie erklärte mir, dass es sich um Pferdesalbe handeln würde. Was weiß ich vom Pferd. Aber, es erfrischte und kühlte und schien zu kräftigen. Doch der Mentholgeruch, igitt, der ätzte stets unliebsam meine zarte Nase. Aber, was macht man nicht alles, um wieder fit zu sein. So gelang es mir auch wieder, schwungvoller ins Auto zu hüpfen. Tja und da machte ich mir stets einen stillen Spaß. Denn beim Umlegen des Halsbandes verschanzte ich mich immer in tiefe Gedanken und reagierte absolut nicht. Hei, da flogen schon mal die Fetzen und ein Klaps erweckte mich aus der Meditation. Und alles endete immer im fröhlichen Schmunzeln. Und sie nannte mich wieder Schnäuzchen. Albern, auch so eine

Macke. Auch der Name Schätzchen ertönte öfter im Mollton, weich und freundlich. Doch aber, hallo, ging Madame etwas gegen den Strich, da hieß ich plötzlich Violette und hier rief sie barsch in hellem Dur. Übrigens, ein Phänomen, hier in Deutschland gibt es im Winter Schnee, das ist lustig. Da fällt es weiß, weich und flockig vom Himmel. So etwas gibt es bei uns da in Afrika nicht. Herrlich ist es, sich da hineinzutollen, alles ist hell und glitzernd und weit, und über einem blau und endlos der Himmel.

Und jetzt freue ich mich doch wieder mächtig auf den Frühling und auf Artus.

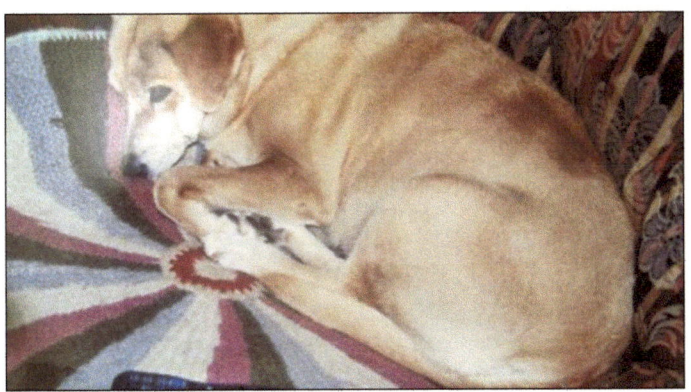

Epilog

2014

Inzwischen sind ein schöner Frühling und Sommer vergangen, es ist Herbst geworden. Violette, nun schon im biblischen Alter von achtundneunzig Jahren, war von Woche zu Woche müder, grauer und schwächer geworden. Und schaute mich oft traurig und intensiv aus ihren wunderschönen goldbraunen Augen an. Und tief innen wusste ich es auch. Wir würden wohl bald Abschied voneinander nehmen müssen. Doch anderntags dann war sie wieder wie ausgewechselt, lebendig schnuppernd an allem interessiert, aß und trank und stupste in ihrer so liebenswerten Manier mich darauf hin, dass Zeit fürs »Schleckerli« wäre. Auch war es ihr jeden Morgen eine Freude, Artus zu begrüßen trotz dessen versnobter Machohaltung. Beunruhigt von ihrem Zustand, machte ich den Termin. Und der Arztgang war wieder ein Kampf. Violette wollte partout nicht hinein in die ihr bereits bekannte Klinik. Und sie hatte da wohl eine Ahnung. Dann hörte auch ich den niederschmetternden Befund. Meine Kleine litt an einem großen Tumor, der offensichtlich ihr Leben bedrohte. Operativ wäre da wohl nicht mehr zu helfen, auch angesichts des Alters. Verzweifelt suchten wir einen weiteren Arzt auf, doch die Diagnose wurde bestätigt. Unsagbar traurig und wissend schaute mich Violette an, als sie da in meinem Arm lag.

Und während ich mit leiser, von unterdrückten Schluchzern hopsender rauer Stimme versuchte, tröstend auf sie einzusprechen, war sie plötzlich eingeschlafen. Einfach so. Warum verliert man immer das Liebste?

Nun liegt sie drunten im Wäldchen des Gartens, umhüllt mit ihrer Decke im ausgepolsterten Blätter- und Tannengrab, und träumt hoffentlich von frohen Zeiten mit Artus, Caesar, Nico, Wuschl und all den anderen Kumpanen. Adieu, Violette.